KB170942

GOOD THINGS ARE HERE

———

1. 내 인생의 궁극적인 목표

2. 그 과정에서 배워야 하는 것들

3. 그 과정에서 이루고자 하는 것들

미래의 나는 어디에서, 누구와, 무슨 일을 하며, 어떻게 살고 있을까요?

4. 1년 뒤, 나의 모습을 구체적으로 그려보세요.

5. 3년 뒤, 나의 모습을 구체적으로 그려보세요.

6. 5년 뒤, 나의 모습을 구체적으로 그려보세요.

*Everything
you dream of
IS
already yours*

당신이 꿈꾸는 모든 것이
이미 당신의 것입니다

"

하루하루 긍정의 에너지로 나를 가득 채워줄
50개의 문장.
한 문장 한 문장 따라쓰면서 앞으로 더욱 빛날
나의 삶을 그려보세요.

"

과거는 바꿀 수 없습니다.
미래는 아직 당신에게 달려 있어요.

The past cannot be changed.
The future is yet in your power.

성공을 향한 자신의 결심이
그 무엇보다
중요하다는 사실을
항상 기억하라.

Always bear in mind that your own resolution to succeed
is more important than any one thing.

에이브러햄 링컨Abraham Lincoln

정치가, 1809 - 1865

아침에 떠올린
작은 긍정 하나가
당신의 하루를
바꿀 수 있다.

Just one small positive thought in the morning can change
your whole day.

달라이 라마Dalai Lama
———
티베트의 지도자, 1935 –

매일이 새로운 기회다.
어제의 성공을 발판으로
나아갈 수도,
어제의 실패를 잊고
새롭게 시작할 수도 있다

Every day is a new opportunity. You can build on
yesterday's success or put its failures behind and start
over again.

밥 펠러Bob Feller

야구선수, 1918-2010

당신이 마음을 먹으면
온 우주가 그것을 이루기 위해
움직입니다.

Once you make a decision, the universe conspires to make it happen.

랠프 월도 에머슨 Ralph Waldo Emerson
———
사상가, 1803-1882

타인이 성공하도록 도울 때 당신도 가장 크게 그리고 빠르게 성공할 수 있다.

It is literally true that you can succeed best and quickest by helping others to succeed.

나폴레온 힐Napoleon Hill
———
작가, 1883-1970

인간은 실패가 아니라
성공하기 위해 태어난다.

Men are born to succeed, not to fail.

헨리 데이비드 소로 Henry David Thoreau

시인, 1817-1862

가장 달콤한 기쁨은
어려움을 극복하는 데서
찾아온다.

The sweetest pleasure arises from difficulties overcome.

푸블리우스 시러스Publius Syrus

고대 로마의 작가, 85 BC - 45 BC

성공은
매일 반복되는
작은 노력들의
종합이다.

Success is the sum of small efforts – repeated day in and
day out.

로버트 콜리어Robert Collier
작가, 1885-1950

모든 성공의 기본은 행동이다.

Action is the foundational key to all success.

파블로 피카소 Pablo Picasso

화가, 1881-1973

자신의 꿈을
만들어가지 않으면
타인이 꿈을
이루는 데 쓰인다.

If you don't build your dream,
someone else will hire you to help them build theirs.

무케시 암바니 Mukesh Ambani
———
사업가, 1957 -

오직 한 가지 성공이 있을 뿐이다.
바로 자신만의 방식으로 삶을 살아갈 수 있느냐이다.

There is only one success - to be able to spend your life in
your own way.

크리스토퍼 몰리|Christopher Morley

저널리스트, 1890-1957

할 수 있다고 생각하기에 해내는 것이다.

They succeed, because they think they can.

푸블리우스 베르길리우스 마로 Publius Vergilius Maro

로마의 시인, 70 BC – 19 BC

성공에서 능력만큼 중요한 것이 태도다.

For success, attitude is equally as important as ability.

월터 스콧 Walter Scott
———
역사소설가, 1771-1832

낙천주의는 성취를 부르는 믿음이다. 희망과 자신감 없이는 아무것도 이룰 수 없다.

Optimism is the faith that leads to achievement.
Nothing can be done without hope and confidence.

헬렌 켈러 Helen Keller

사회사업가, 1880-1968

균형 잡힌 성공의 초석은 정직함과 도덕성, 믿음, 사랑 그리고 충성심이다.

The foundation stones for a balanced success are honesty, character, integrity, faith, love and loyalty.

지그 지글러 Zig Ziglar
———
작가, 1926-2012

무언가를 이뤄내는 사람,
무언가가 벌어지는 것을 지켜보는 사람,
무슨 일이 벌어졌는지 의아해하는
사람이 있다.
성공하기 위해서는
무언가를 이루는 사람이 되어야 한다.

There are people who make things happen, there are people who watch things happen, and there are people who wonder what happened. To be successful, you need to be a person who makes things happen.

짐 러벨 Jim Lovell
———
우주비행사, 1928 -

성공은 과학이다.
조건이 충족되면
성공이라는 결과를 얻게 된다.

Success is a science.
If you have the conditions, you get the result.

오스카 와일드 Oscar Wilde
———
작가, 1854-1900

우리 세대의 가장 위대한 발견은
누구나 태도를 바꾸면
삶을 바꿀 수 있다는 것이다.

The greatest discovery of my generation is that a human
being can alter his life by altering his attitudes.

윌리엄 제임스 William James

철학자, 1842 - 1910

성공의 비결은
평범한 일을
비범하게 잘 해내는 것이다.

The secret of success is to do the common thing
uncommonly well.

존 D. 록펠러 주니어 John D. Rockefeller Jr.
—
사업가, 1874-1960

어떠한 꿈도 이루어질 수 있다. 그 꿈을 좇을 용기만 있다면.

All our dreams can come true, if we have the courage to pursue them.

월트 디즈니 | Walt Disney

애니메이터, 1901-1966

반복적으로 하는 행위가 바로 우리 자신이다. 따라서 탁월함은 행위가 아니라 습관이다.

We are what we repeatedly do.
Excellence, then, is not an act, but a habit.

윌 듀란트 Will Durant
———
철학자, 1885-1981

당신의 야망을 폄하하려는 사람들에게서
멀어져야 한다.
옹졸한 자들은 당신의 야망을 깎아내리지만
위대한 자들은 당신 또한 위대해질 수 있다는
자신감을 심어줄 것이다.

Stay away from those people who try to disparage your
ambitions. Small minds will always do that, but great
minds will give you a feeling that you can become great
too.

마크 트웨인 Mark Twain
———
작가, 1835 - 1910

비관주의자는
어떠한 기회에서도
어려움을 본다.
낙천주의자는
어떠한 어려움에서도
기회를 본다.

The pessimist sees difficulty in every opportunity.
The optimist sees opportunity in every difficulty.

윈스턴 처칠 Winston Churchill

정치가, 1874 - 1965

성공하는 사람은
남들이 자신에게 던진 벽돌로
견고한 토대를
쌓을 줄 아는 사람이다.

A successful man is one who can lay a firm foundation
with the bricks others have thrown at him.

데이비드 브링클리 David Brinkley

저널리스트, 1920 - 2003

지혜로운 사람은 갖지 못한 것에 슬퍼하지 않고, 가진 것에 기뻐한다.

He is a wise man who does not grieve for the things which he has not, but rejoices for those which he has.

에픽테토스 Epictetus
—
로마의 철학자, 55? - 135?

두 발은 땅을 딛되
두 눈은 별을 좇아야 한다.

Keep your eyes on the stars, and your feet on the ground.

시어도어 루스벨트 Theodore Roosevelt
———
정치가, 1858-1919

강은 이미 알고 있다.
서두를 필요가 없다는 것을.
언젠가는 도달하게
되리라는 것을.

Rivers know this: there is no hurry.
We shall get there some day.

A. A 밀른A.A. Milne
———
작가, 1882 - 1956

인내심을
발휘할 수 있는 사람은
바라는 것을
얻을 수 있다.

He that can have patience can have what he will.

벤저민 프랭클린Benjamin Franklin
———
정치가, 1706-1790

도덕적으로 살고
자주 웃으며
많이 사랑한 사람이
성공한 사람이다.

That man is a success who has lived well, laughed often
and loved much.

로버트 루이스 스티븐슨Robert Louis Stevenson
———
작가, 1850-1894

인간의 가장 위대한 영광은
단 한 번도 실패하지
않는 것이 아니라
실패할 때마다
다시 일어서는 데 있다.

Our greatest glory is not in never falling, but in rising
every time we fall.

공자 Confucius
———
철학자, 551 BC - 479 BC

패배는 최악의 실패가
아니다.
시도하지 않는 것이야말로
진정한 실패다.

Defeat is not the worst of failures.
Not to have tried is the true failure.

조지 우드베리|George Woodberry
시인, 1855-1930

성공 때문에 우리가
자만과 독선, 자아도취에
빠진다는 통념은 잘못된 것이다.
오히려 대부분의 경우
우리는 성공을 통해
겸손해지고 관대해지며
친절해진다.

The common idea that success spoils people by making
them vain, egotistic and self-complacent is erroneous;
on the contrary it makes them, for the most part, humble,
tolerant and kind.

윌리엄 서머싯 몸 W. Somerset Maugham
———
작가, 1874 - 1965

실패에서 성공을 이끌어내야 한다.
좌절과 실패는 성공으로 향하는
가장 확실한 디딤돌이다.

Develop success from failures. Discouragement and failure
are two of the surest stepping stones to success.

데일 카네기|Dale Carnegie

작가, 1888-1955

한 가지 생각을 품어라.
그 생각을 당신의 삶으로 삼아라.
그것을 떠올리고, 꿈꾸고,
그 생각대로 살아야 한다.
뇌와 근육, 신경, 신체의 모든 부분을
그 생각으로 채우고
다른 생각은 전부 내려놓아야 한다.
이것이 성공으로 가는 길이다.

Take up one idea. Make that one idea your life - think of it,
dream of it, live on that idea. Let the brain, muscles, nerves,
every part of your body, be full of that idea, and just leave every
other idea alone. This is the way to success.

스와미 비베카난다 Swami Vivekananda
―――
철학자, 1863 - 1902

성공의 공식에서
단연 가장 중요한 요소는
사람들과 잘 지내는
방법을 아는 것이다.

The most important single ingredient in the formula of
success is knowing how to get along with people.

시어도어 루즈벨트 Theodore Roosevelt
———
정치가, 1858-1919

성공을 원한다면
성공을 목표로 삼아선 안 된다.
그저 자신이 사랑하는 일,
신념을 지닌 일을 한다면
성공은 자연스럽게 따라올 것이다.

Don't aim for success if you want it; just do what you love
and believe in, and it will come naturally.

데이비드 프로스트David Frost
———
저널리스트, 1939-2013

성공은 단순하다.
옳은 일을
옳은 방식으로
옳은 때에
하면 된다.

Success is simple.
Do what's right, the right way, at the right time.

아놀드 H. 글래소 Arnold H. Glasow
———
작가, 1905 – 1998

성공하는 사람과 그렇지 않은 사람의 차이는 힘이나 지식이 부족한 것이 아니라 의지력이 부족한 데서 발생한다.

The difference between a successful person and others is not a lack of strength, not a lack of knowledge, but rather a lack of will.

빈스 롬바르디|Vince Lombardi

미식축구선수, 1913-1970

성공과 실패는 능력보다 태도에 좌우한다.

성공한 이들은 무언가를 이미 성취한 사람처럼,

즐기는 사람처럼 행동한다.

그리고 그것이 현실이 된다.

성공한 것처럼 행동하고,

성공한 사람처럼 보이고,

성공한 것처럼 느끼고,

그러한 태도를 취하면

놀랄 만큼 긍정적인 결과를 경험할 것이다.

Success or failure depends more upon attitude than upon
capacity successful men act as though they have accomplished
or are enjoying something. Soon it becomes a reality. Act, look,
feel successful, conduct yourself accordingly, and you will be
amazed at the positive results.

윌리엄 제임스 William James
————
철학자, 1842 - 1910

성공하기 위해
천재나 선지자가 될 필요도,
심지어 대학을 나올 필요도 없다.
체계와 꿈만 있으면 충분하다.

You don't have to be a genius or a visionary or even a
college graduate to be successful.
You just need a framework and a dream.

마이클 델Michael Dell
———
기업가, 1965 –

위대한 무언가를
성취하기 위해서는
행동만이 아니라 꿈이 필요하다.
계획만이 아니라 믿음이 필요하다.

To accomplish great things, we must not only act, but also dream; not only plan, but also believe.

아나톨 프랑스Anatole France

작가, 1844-1924

발자국 하나로 땅에 길이 나지 않듯,
생각 하나로 마음에 길이 생기지 않는다.
물리적으로 깊이 새겨진
길을 내기 위해
우리는 걷고 또 걷는다.
깊이 새겨진 마음의 길을 만들기 위해
우리 삶을 지배하길 바라는 생각을
거듭 떠올려야 한다.

As a single footstep will not make a path on the earth, so a single thought will not make a pathway in the mind. To make a deep physical path, we walk again and again. To make a deep mental path, we must think over and over the kind of thoughts we wish to dominate our lives.

헨리 데이비드 소로 Henry David Thoreau
―
시인, 1817-1862

중요한 질문은
'당신이 얼마나 바쁜가?'가 아니라,
'당신이 무엇에 바쁜가?'이다.

The essential question is not,
"How busy are you?" but "What are you busy at?"

오프라 윈프리|Oprah Winfrey
———
방송인, 1954 -

타인의 도움을
인정하지 않고는
누구도 성공할 수 없다.
현명하고 자신감 넘치는
사람은 타인의 도움을
감사한 마음으로 인정한다.

No one who achieves success does so without
acknowledging the help of others. The wise and confident
acknowledge this help with gratitude.

알프레드 노스 화이트헤드 Alfred North Whitehead
———
철학자, 1861 - 1947

사람들은 항상
자신의 환경을 탓한다.
나는 환경을 믿지 않는다.
스스로 원하는 환경을 찾아 나서고,
찾을 수 없을 때는
그 환경을 직접 만들어야
성공할 수 있다.

People are always blaming their circumstances for what they are.
I don't believe in circumstances. The people who get on in this
world are the people who get up and look for the circumstances
they want, and if they can't find them, make them.

조지 버나드 쇼 George Bernard Shaw
———
극작가, 1856 - 1950

행동을 만드는 것은 습관을 만드는 것이다. 습관을 만드는 것은 성격을 만드는 것이다. 성격을 만드는 것은 운명을 만드는 것이다.

If you create an act, you create a habit.
If you create a habit, you create a character.
If you create a character, you create a destiny.

앙드레 모로아 Andre Maurois

작가, 1885 - 1967

지속적인 성장과
발전이 없다면
개선, 성취, 성공과
같은 단어는
아무런 의미가 없다.

Without continual growth and progress, such words as
improvement, achievement, and success have no meaning.

벤저민 프랭클린Benjamin Franklin
정치가, 1706-1790

역설적이지만

진실로 참되고 중요한

삶의 원칙은 바로 이것이다.

목표에 도달하는 가장 확실한 방법은

목표 그 자체가 아니라

그 너머의 더욱 야심찬 목표를 향해

나아가야 한다는 것 말이다.

It is a paradoxical but profoundly true and important
principle of life that the most likely way to reach a goal
is to be aiming not at that goal itself but at some more
ambitious goal beyond it.

아놀드 토인비|Arnold Toynbee

역사학자, 1889 - 1975

성실함의 잣대로 스스로를 평가하고 관대함의 잣대로 타인을 평가하라.

Judge thyself with the judgment of sincerity, and thou wilt judge others with the judgment of charity.

존 미첼 메이슨 John Mitchell Mason

신학자, 1770-1829

목표를 높게 세우고 그곳에 이를 때까지 멈춰서는 안 된다.

Set your goals high, and don't stop till you get there.

보 잭슨Bo Jackson
———
야구선수, 1962 –

결국에는 모든 게 잘될 것이다.
만약 좋지 않다면,
그것은 아직 끝이 아니라는 뜻이다.

Everything is going to be fine in the end.
If it's not fine it's not the end.

오스카 와일드Oscar Wilde
———
작가, 1854-1900

*Fortune favors
the bold.*

행운은 용기 있는 자의 편이다.

"

세상의 모든 것은 나의
마음에서 비롯됩니다.
어떤 일이든 해낼 수 있는 강한 존재인
나를 믿어주세요.

"

성공에 관한 짧은 글

초판 1쇄 인쇄 | 2023년 11월 20일
초판 1쇄 발행 | 2023년 11월 30일

옮긴이 | 신솔잎

기획·편집 | 김수현

디자인 | 반반

펴낸이 | 김수현
펴낸곳 | 마음시선
등록 | 2019년 10월 25일 (제2019-000097호)
이메일 | maumsisun@naver.com
인스타그램 | @maumsisun
ISBN 979-11-980224-8-6 12800